—慕斯好无聊—

朋友你好

〔法〕克莱尔·勒布尔/著·绘

滕玥/译

GUANGXI NORMAL UNIVERSITY PRESS
广西师范大学出版社
·桂林·

致拉斐尔

慕斯好无聊 朋友你好
Musi Hao Wuliao Pengyou Nihao

出版统筹：伍丽云　　责任营销：冯彦中
质量总监：孙才真　　责任美编：赵英凯　唐明月
责任编辑：文　雯　　责任技编：马茸键

著作权合同登记号桂图登字：20-2023-029号

图书在版编目（CIP）数据

慕斯好无聊. 朋友你好／（法）克莱尔·勒布尔著、绘；滕玥译. -- 桂林：广西师范大学出版社，2024.1
（魔法象. 故事森林）
ISBN 978-7-5598-6444-4

I. ①慕… II. ①克… ②滕… III. ①儿童故事－法国－现代 IV. ①I565.85

中国国家版本馆CIP数据核字（2023）第197491号

广西师范大学出版社出版发行
（广西桂林市五里店路9号　邮政编码：541004
网址：http://www.bbtpress.com）
出版人：黄轩庄
全国新华书店经销
北京盛通印刷股份有限公司印刷
（北京经济技术开发区经海三路18号　邮政编码：100176）
开本：787 mm × 1 092 mm　1/32
印张：2.75　　字数：19千
2024年1月第1版　　2024年1月第1次印刷
定价：27.80元

和慕斯一起，跳出圆满的“无聊”吧

余雯（国家图书馆少年儿童馆副研究馆员）

试想有这样一个房子，面朝大海，春暖花开，收藏有各种承载着回忆与快乐的珍宝。你可以睡到自然醒，听小鸟唱歌；可以快乐地游泳，不用去挤人满为患的沙滩；也可以静静地读一本书，喝一杯咖啡。这样的地方你愿意住多久呢？一天？一周？还是“我再也不要回去了”？

慕斯就拥有这样的生活。他是一个怪模怪样的小生物，长得像一只条纹袜子。他住在海边，喜欢读书、吃蛋糕、喝咖啡，喜欢坐在沙发上看海景。等到涨潮的海水漫过自己的客厅，他就可以快快乐乐地游个泳；退潮后遗留在客厅里的各种宝贝，成为维持他生活的经济来源。

这不就是许多人向往的桃花源吗？远离喧嚣，不被打扰，自给自足，恬静安宁。慕斯的家就像霍比特人的小屋一样，收藏着所有属于他的快乐，给予他充足的安全感。这样的生活，像一个完满的圆一样，几乎无可挑剔，怎么会是“无聊”的呢？

什么是“无聊”？坐在成堆的玩具和图书中间的孩子，也可能会皱着眉说好无聊；疲于奔波在工作与照料之中的大人，拿起手机简单放松之后，也可能叹着气说好无聊。无聊的时候，仿佛内心有愤怒、懊悔、沮丧、悲伤……各种各样的情绪缠绕在一起，但也有可能对一切都很淡漠。两位加拿大心理学家——丹克特和伊斯特伍德，试图解析“无聊”的心理，写出了《我们为何无聊》这本书。他们认为，无聊是对现状的一种不满，是对新的意义、投入感和能动性的呼唤。也就是说，或许我们的生活是平稳的，情绪也是安宁的，但内心却渴望着更多，寻求发掘更大的潜力，寻求再向前一步的动力，寻求对周围世界更深刻的体会。

慕斯的内心也想追求更多吗？作者笔锋一转，打破了开篇的平静，带领慕斯和读者们体会另一种生活的可能性：《慕斯好无聊 朋友你好》中，不请自来的海象比松忽然占据了慕斯的客厅、浴室、床和时间；《慕斯好无聊 假期万岁》中，和朋友一起去旅行，却处处被突然出现的菲力克斯打扰；《慕斯好无聊 快乐童年》中，来借住的小侄女开心果只喜欢玩水，对他精心准备的活动不屑一顾，更体会不到承载了他回忆的旧物品有什么样的价值。慕斯不断被拖出自己的舒适区，茫然又有些愤怒地面对这一切。他好讨厌这样的变化。

慕斯的样子，会不会让你想起正依偎在你怀里、听这个故事的小朋友？甚至不自觉地将自己代入进去了呢？每个人对外界环境和人的敏感性不同，这体现了个体思维方式的独特性，也是人格的差异性。无论是认知风格测试，还是时下流行的人格测试，都会有相应的维度描述一个人会如何应对变化。熟悉的人或事，规律，为我们带来控制感和安全感；而变化则预示着失控、不确定、危机和压力，让人不由自主地想要逃避。诚然，性格没有好坏之分，认知倾向也各有各的优势，变化是生活中无法避免的。这些变化也许来自外部的冲击，也许来自内部的成长，总会破坏原本的平衡。面对“变化”，作者试图表明，它并不完全等于糟糕的体验与结果。慕斯的各种“无聊”故事就是证明。

好心的慕斯在照顾比松的时候，意外地度过了一个轻松愉快的下午。他在旧货集市上没有做成生意，却在闲逛中慢慢体会到，用旧物品交流回忆、促进情感才是这个小集市存在的意义。他发现菲力克斯和自己一样有收集贝壳的爱好，两个小生物可以凑到一起聊好几个小时的海洋趣闻。如果说《慕斯好无聊 朋友你好》的情节发展还尚显套路化，那么《慕斯好无聊 假期万岁》《慕斯好无聊 快乐童年》则层层深化了作者对于“变化”的阐释。“变化”不仅是用一种新的习惯代替旧的习惯，更是从根本上让一个人变得更具有开放性。两个新朋友，一段生活中的意外插曲，让慕斯改变了自己的生活习惯，改变了和他人交往的方式，改变了固有的观念。就像一个故事总是需要矛盾与冲突打破原有的平衡，推动情节发展，才能焕发出生命力。人是否也是这样呢？让变化为自己的生活带来新的乐趣与体悟，让自己的内心变得更有弹性，不断吸收、膨胀、丰富起来。

当我们再回头看第一个故事的开头，你会不会赞同，慕斯原来的生活确实有些“无聊”？就好像过去的时光永远停滞，被封存在了那个小房子里。而新的朋友、新的相遇，宛如投入水中的一块小石子，带来了美丽的涟漪，推动着慕斯体会到更多。绘本大师希尔弗斯坦最著名的作品之一《失落的一角》也有类似的解读角度。当主人公终于找到了与自己完全契合、天造地设的失落的一角时，它们合成了一个完整的圆，飞快地开始滚动，“快得不能停下来和虫儿说说话，或者闻闻花香，快得蝴蝶不能落在它身上歇脚”，甚至没有办法再唱歌。“圆满”和“完美”或许并不预示着快乐与幸福，而主动走出封闭的“圆满”，打破“无聊”的永恒，才能真正投入生活，享受自我的存在。

当然，慕斯系列的作者克莱尔·勒布尔并没有选择那么哲学、那么简洁的方式来呈现这个道理。她常为孩子们开设艺术创作与写作方面的课程，引导他们从一些抽象的色块、线条开始，设计角色，添加个性，慢慢形成故事。慕斯系列也以这种方式诞生。勒布尔灵活运用水彩、铅笔和钢笔，用轻盈的线条和色彩呈现了故事中温馨的每一幕，而她在出版机构工作的经验又令她能得心应手地使用开页、中缝，以及文字和图像信息的不一致，让小读者轻松地将绘本阅读的经验迁移到桥梁书中，充分探索独自阅读的乐趣。慕斯长得奇怪又可爱，让小读者为之好奇，而他居住的小房子、路边的街景又如此写实，仿佛一切就发生在我们身边。只要你愿意尝试踏出自己的“小屋”，或许也会像慕斯一样，重新体会生活的惊喜与活力。

涨 潮 啦 ！

慕斯心里知道该起床了，但是他还不想睁开眼睛。

清晨的阳光从窗户照进来，远处传来小鸟欢快的歌声，身上还裹着温暖的被子。慕斯想闭上眼睛，好好享受这美妙的时刻。

过了一会儿，慕斯起床了。他认认真真地穿上袜子。

每天吃早餐之前，他都会先去沙滩上吹吹海风。虽然早上的风凉丝丝的，慕斯还是喜欢在海边站一小会儿。他喜欢等到小脚丫冻得冰冰凉，再哆嗦着跑回暖洋洋的家里。

他倒出袜子里的沙子……

然后去厨房煮咖啡。

慕斯舒舒服服地坐在客厅里，一边听着收音机，一边喝着咖啡。

再睡一觉吧……

不过，现在海水正在涨潮，他无论如何也不想错过一天中最美好的时刻！

慕斯关掉收音机，换了个更舒服的姿势，静静聆听潮水的声音：哗啦啦，哗啦啦……

小鹅卵石随着海浪滚到他的脚边，海藻和贝壳被冲到橡皮船扶手椅底下，小凤尾鱼摆摆尾巴，游来游去。

慕斯又倒了杯咖啡，心想：多么宁静，多么美好，这日子真是无忧无虑。

他随手捧起一团云朵似的泡沫，仔细观察着里面的每个泡泡。

客厅里的水足够深了。就是现在！他从扶手椅上站起来，“扑通”一声，一头扎进水中。

慕斯畅快地游来游去，游累了就披上浴袍，到楼上的浴室洗澡。

“何必要去那些人挤人的海滩呢？”慕斯自言自语道。

每天早上的热水澡是必不可少的环节。慕斯先抹好香皂，然后用清水冲掉泡泡和海盐，再简单梳梳头。刷完牙后，他总要坐下来思考老半天：今天要穿什么呢？

等慕斯打扮得香喷喷、漂漂亮亮走下楼，忽然发现一只陌生的庞然大物正坐在他最心爱的扶手椅上！这位不知从何而来的陌生访客正一边优哉游哉地翻看慕斯最心爱的书，一边津津有味地嚼着慕斯最心爱的饼干。

“嘿，慕施！我叫比松。很高兴认识你！”

比松见慕斯没吭声，又更起劲儿地叫了起来：

“嘿，慕西，交个朋友怎么样？”

“想都别想，哼！”慕斯没好气地回应，“注意啦，我既不叫慕施，也不叫慕西，我叫慕斯。”

他狠狠地瞪着比松，好像光是使劲儿瞪他，就能让这个没礼貌的大家伙当场消失一样。

“怎么了，慕西？你是有话想与我分享？”

“我说，难不成你吃的是我的饼干？”

“味道不错，”比松边吃边称赞，还喷出几块饼干屑，“就是烤得有点儿干了。”

真够厚脸皮的，慕斯心想。但他可没时间搭理这个叫比松的家伙。海水开始退潮了，他得抓紧时间，把客厅里还没来得及游走的小鱼放回海里。

“我忙着呢，比松先生！”慕斯说，暗示他赶紧离开。

可是比松好像什么也没听见，一点儿反应都没有。慕斯只好大喊：“我很忙啊，比松先生！”

没等比松回答，慕斯就吭哧吭哧地把他送回了大海。

现在，一切都回归正轨，慕斯终于安心了。潮水退去，一楼客厅里到处散落着珍奇的宝贝。慕斯把它们一个个捡起来。

他把这些宝贝摆在桌上，逐一检查。他先确定里面没有藏着寄居动物，再一个接一个地给它们拍照。

慕斯坐在书桌前，打开电脑，连上网络，开始一丝不苟地写小广告：出售三个绝美海螺壳，中等大小，带珍珠光泽。

写累了，他就伸伸懒腰，躺平休息一会儿。

下午，慕斯开始打包。这是他最喜欢做的事情。

书桌靠着一个大架子，架子上摆着大大小小的盒子。

他先取出几个盒子，小心翼翼地装好海螺壳，再用牛皮纸包好盒子，系牢绳子，打上漂亮的蝴蝶结。

慕斯拿来羽毛笔和墨水，端正、清晰地写上收件人的地址。

邮局的小面包车就要来啦！包裹已经准备就绪，慕斯连忙舌头一伸，舔舔五颜六色的邮票，贴在包裹上。

慕斯喜欢想象人们拿到包裹时的心情。这些小小的宝贝，一定可以让那些离海很远的人感受到大海的气息，发现大海的美丽。

日落时分，慕斯结束了忙碌的一天，终于可以好好休息了。肚子饿了，他就吃块香脆核桃蛋糕填肚子。

慕斯脱掉袜子，盖好被子，关上灯，甜甜地睡着了。睡梦中，他看见了碧蓝的大海，听到了轻柔的海浪声。

比松病了

天还没亮，慕斯就醒了。他勉强睁开眼睛，觉得四肢僵硬，浑身难受。这一夜睡得太糟了！他才起床就已经筋疲力尽了。现在天蒙蒙亮，既没有明媚的阳光，也没有小鸟的扎堆歌唱，慕斯迷迷糊糊地穿上了袜子。

他正在喝咖啡的时候，忽然听见楼上传来喷嚏声，打完一个又一个。他三步并作两步跑上楼。

眼前的情景让慕斯大吃一惊：在自己的房里，自己的床上，躺着比松！

慕斯很不高兴，不，应该说他很生气。可是，比松正泪眼汪汪地看着他，神情憔悴，满头大汗，鼻涕直流。

“他好像生病了啊。”慕斯心想。

慕斯本来可以像昨天一样毫不犹豫地把比松送回大海，但是今天，比松的样子太可怜了，他不忍心这么做。他伸手摸了摸比松滚烫的额头。

“我得治好他的病才行。”慕斯暗下决心。

他从书架上翻出一本《动物健康百科大全》，匆匆记下治疗方法。

还好，慕斯的新室友并无大碍。只要别玩水，多休息，不用多久他就会痊愈的。

“我会好好照顾你的，比松。”慕斯在他耳边轻声说道。而此刻的比松，已沉沉入睡。

中午时分，慕斯给病号端来一碗热气腾腾的萝卜浓汤。

“你要是不喜欢萝卜汤，可以把它想象成美味的鱼汤。”慕斯边喂他边说。

但比松的胃口很好，大口大口地喝着萝卜汤。

“我喜欢萝卜汤。”比松说，“这是我最喜欢的汤。”

比松终于说话了！慕斯很开心。

下午，比松的状况稍有好转。慕斯让他舒舒服服地躺在沙滩椅上，又把比松可能会用到的东西都摆在他能够到的地方。确保比松啥也不缺，慕斯才去忙自己的工作。

慕斯用小铁锹在沙滩上挖坑，还带着一个金属探测器，这探探，那测测。与此同时，比松在一块扁平的鹅卵石上画起了画。

慕斯忙了一会儿，转身问比松：“你好点儿了吗？还别说，我觉得你好多了！你很快就能回家了，比松！你真幸运……”

可是比松一言不发，只是笑眯眯地看着他。慕斯被他看得有点儿不好意思了，就说：

“你在画什么？给我看看？”

夜幕降临，天气渐渐转凉，慕斯和比松回家了。虽然在沙滩上什么也没挖到，慕斯依然觉得自己度过了一个非常愉快的下午。

晚上，他们订了比萨外卖，再配上鲜美可口的鱼汤作为晚餐，还把慕斯的核桃蛋糕一扫而光。

“比松，看样子你明天一早准能精神抖擞！好好睡一觉，然后咱们就要说再见了。”

再见，比松

半睡半醒之时，慕斯隐约听见楼下传来海浪声。

他知道太阳已经升得很高了，但他不着急，想闭眼再躺一会儿。过了几分钟，也有可能是十几分钟后，楼下的海浪声变成了耳边叽叽喳喳、嘻嘻哈哈的说笑声。到底发生了什么？还没等慕斯反应过来……

爸爸！
爸爸！

七八个小比松就已经欢呼着跳到了

他们的床上！

这感人的一幕可并没有给慕斯带来好心情。一大早就吵吵闹闹，真让人心烦意乱！慕斯留下欢聚一堂的比松一家，自己光着脚丫下楼了。他去厨房倒了一杯咖啡，然后套着泳圈漂出家门，躲到安静的地方吃早餐。

喝完咖啡，慕斯就安然地进入了梦乡。

等他再醒来的时候，大海早已退潮。慕斯神清气爽，感觉好多了。

客厅又恢复了以往的平静，桌子上的花瓶里插着一束漂亮的海藻。厨房里，炉子上正用小火咕嘟咕嘟地炖着一锅浓汤。

像往常一样，慕斯捡起大海给他带来的宝贝，然后打包邮寄。等一切都忙完了，他才坐下来，品尝比松太太专门为他准备的美味浓汤。

第二天，慕斯又去沙滩上寻宝。这次，他发现了一块不同寻常的鹅卵石。

“啊，是我亲爱的比松！”他不禁感叹。

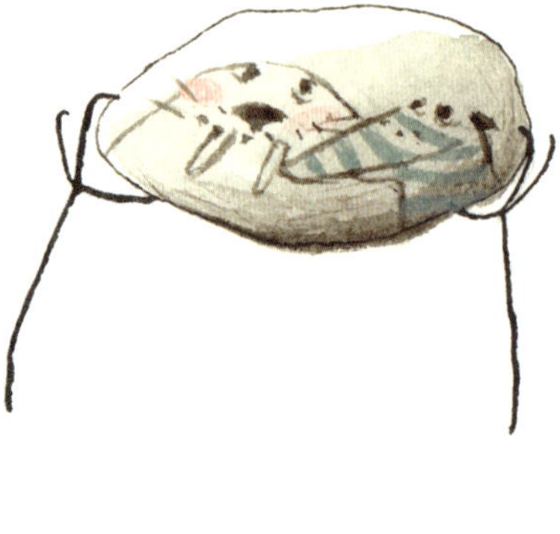

迎着暖暖的阳光，慕斯想念着比松，想念他们一起度过的那个快乐的下午。

他的朋友现在在哪里呢？可能正在海的那一边，趴在洁白、细软的沙滩上晒太阳吧。

我在
这儿呢！
我也是！

孩子们，
都跟上了吗？
跟上啦！
跟着呢！
这就来！
等等我！